KB233193

사랑은 스위트피 향기를 타고

# 사랑은 스위트피 향기를 타고

소피 달 지음 | 황정민 옮김

황금부엉이

해가 뉘엿뉘엿 넘어가는 한여름의 노을진 어느 날,
마치 마법에라도 걸릴 듯한 저녁이었다.
실제로 마술 같은 일들이 종종 벌어지기도 한다.
다듬어지지 않아 무성한 수풀이 우거진 정원에서는
파티가 한창이었다. 피에르는 편치 않은
하이힐 때문에 우두커니 서 있었다.
　　사방에는 장미꽃이 흐드러지게 피어 있었다.

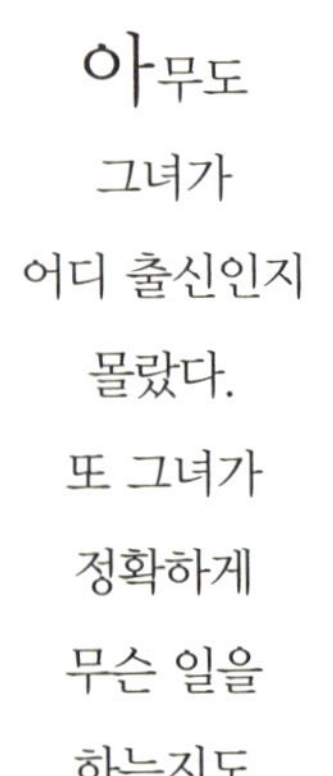

아<sub>무도</sub>
그녀가
어디 출신인지
몰랐다.
또 그녀가
정확하게
무슨 일을
하는지도
몰랐다.

"그녀에게는
과거가 있을 거예요."

아기 기린처럼 호리호리한
몸매를 지닌 피에르가
초록색 눈망울을
반짝이며

입가에 아련한 미소를
머금은 채 뛰어가는
모습을 보며
사람들은 흥분에 싸여
수군거렸다.

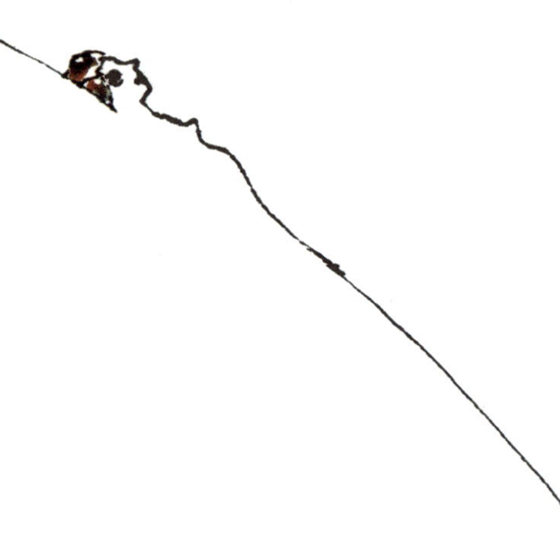

사실, 피에르에게는 어두운 비밀 같은 것도 없었고
머나먼 나라 왕의 애인도 아니었다.
단지 그녀는
수줍음을 많이 타는 성격에 내성적일 뿐이었다.

**피**에르는 전혀 어울리지 않을 법한
부모 사이에서 태어났다.
권위적인 식물학자와 매력적이지만
범접하기 어려운
이탈리아 소프라노 가수
사이에서 태어난 것이다.
그녀의 부모는 고향에서 멀리 떠나온
외로운 처지의 사람들이었다.
조금은 낯선 밤, 뉴욕이라는
거대한 도시가 무대였다.
창 밖에는 거친 폭풍이 일고 있었다.
외로운 두 남녀가
그 밤을 함께 보낸 결과,
피에르 호텔의 침대보 아래에서
우리의 주인공이 잉태되었다.

**피**에르는 어린 시절의 대부분을 하이드 파크의 고급 주택가인 벨그라비아,
그 동네에서도 눈에 띄는 커다란 저택에서 보냈다. 피에르는 자신을 돌봐주는
유모들 외에는 늘 혼자였다. 그녀는 스프렌디다 빌라라고 불리는 로마
교외의 팔라초*에서 여름을 보내곤 했다. 그녀의 유년시절은 달콤쌉사름했고
외로웠지만 누구의 방해도 받지 않았다. 단 그녀의 한쪽 부모가 그녀를
한두 주일 정도 이국적인 곳으로 데려가 감당하기 힘들 정도의 사랑을
퍼부을 때를 제외하고는! 그들은 딸을 혼자 내버려둔 것에 대한
양심의 가책과 한편으로는 딸에 대한 그리움으로
견딜 수 없을 때면 피에르를 찾아오곤 했다.


그래도 피에르는 오븐 위에 걸터앉아서
그 앙증맞은 코를 책에 파묻고 있을 때가
가장 행복했다.

팔라초_이탈리아 귀족계층이 거주하는 도시형 주택

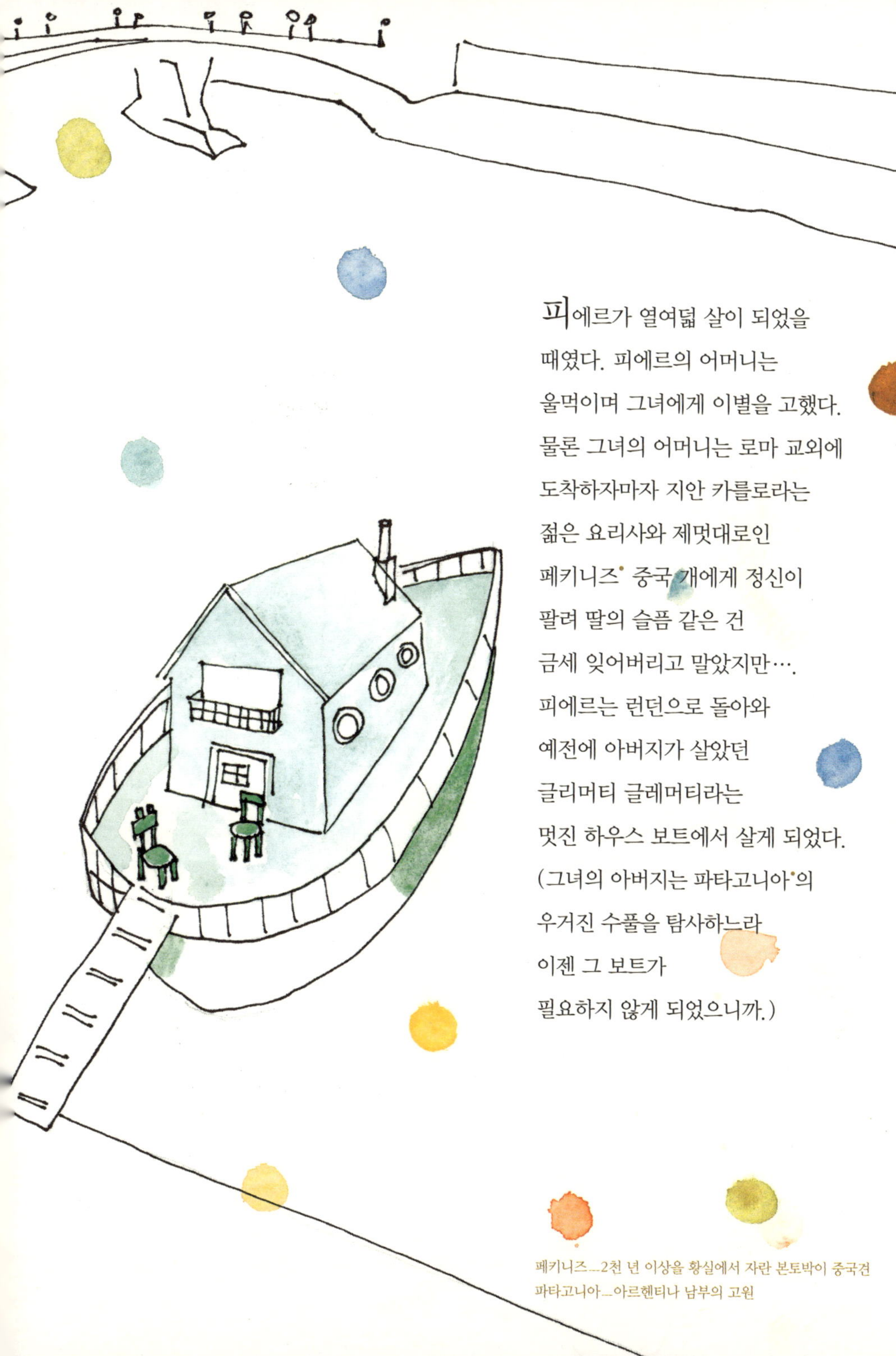

피에르가 열여덟 살이 되었을
때였다. 피에르의 어머니는
울먹이며 그녀에게 이별을 고했다.
물론 그녀의 어머니는 로마 교외에
도착하자마자 지안 카를로라는
젊은 요리사와 제멋대로인
페키니즈 중국 개에게 정신이
팔려 딸의 슬픔 같은 건
금세 잊어버리고 말았지만….
피에르는 런던으로 돌아와
예전에 아버지가 살았던
글리머티 글레머티라는
멋진 하우스 보트에서 살게 되었다.
(그녀의 아버지는 파타고니아의
우거진 수풀을 탐사하느라
이젠 그 보트가
필요하지 않게 되었으니까.)

페키니즈—2천 년 이상을 황실에서 자란 본토박이 중국견
파타고니아—아르헨티나 남부의 고원

유난히 책을 좋아하는 그녀가 킹스로드에 있는 비니 에스콰이어라는
고서점에서 일하게 된 것은 큰 기쁨이었다. 누렇게 변해 가는 오래된
책들 사이에서 하루하루를 보내며 그녀는 참으로 행복했다.
서점 주인인 비니 씨에 대해 말하자면, 정 많고 풍채 좋고…
좀더 솔직히 말하자면, 애주가였다.
그는 샘슨이라는 사냥개를 기르고 있었다.
그는 담배 냄새와 빳빳하게
풀을 먹인 리넨
그리고 트위드 옷의
향기를 풍겼다.
매일 오후 한 시 정각이면
어김없이 제임슨 홍차와
기네스 맥주 한 잔을
점심으로 먹었다.

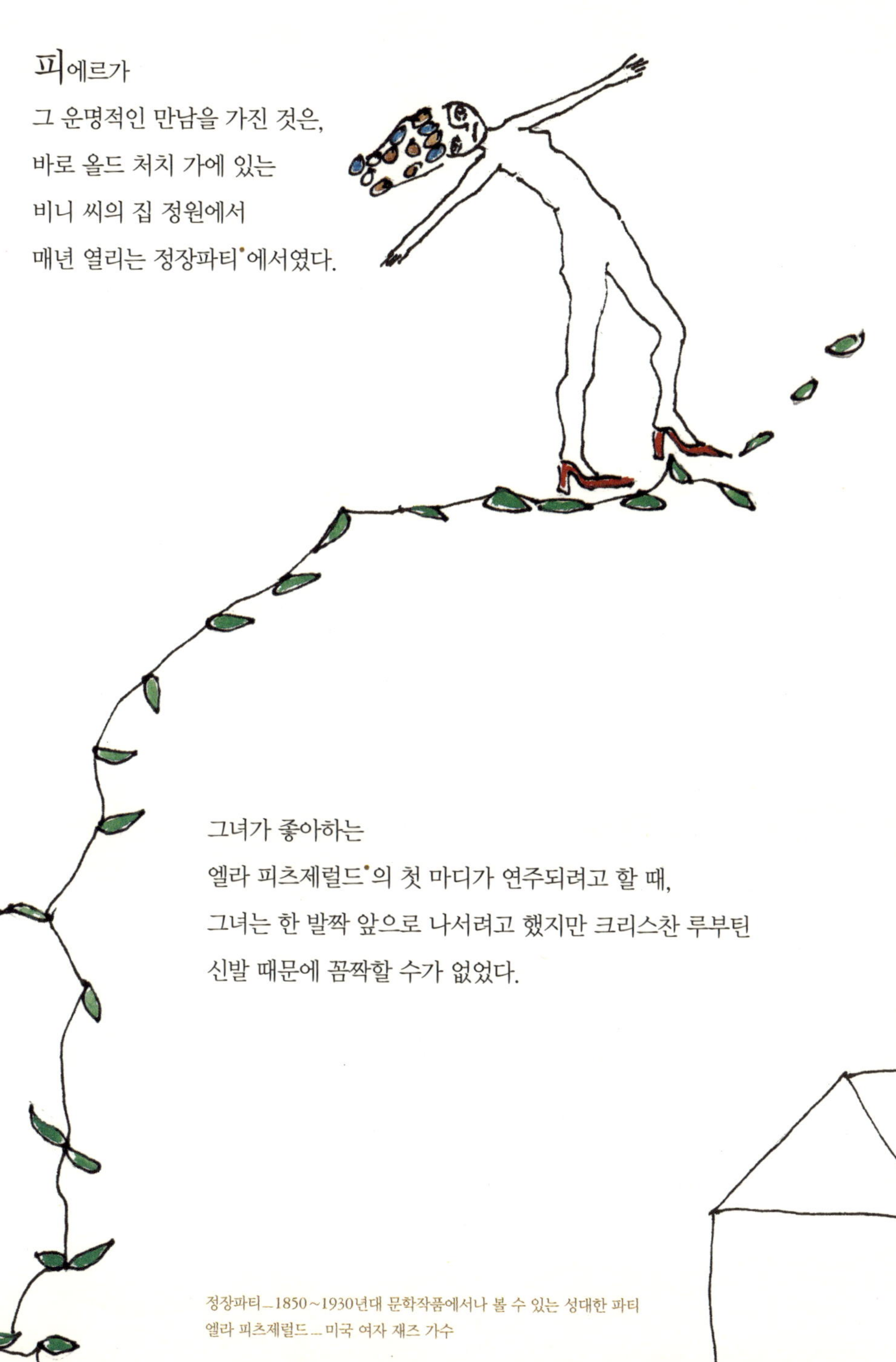

피에르가
그 운명적인 만남을 가진 것은,
바로 올드 처치 가에 있는
비니 씨의 집 정원에서
매년 열리는 정장파티*에서였다.

그녀가 좋아하는
엘라 피츠제럴드*의 첫 마디가 연주되려고 할 때,
그녀는 한 발짝 앞으로 나서려고 했지만 크리스찬 루부틴
신발 때문에 꼼짝할 수가 없었다.

정장파티_1850~1930년대 문학작품에서나 볼 수 있는 성대한 파티
엘라 피츠제럴드__미국 여자 재즈 가수

어깨를 툭 치는 듯한 느낌이 들어 뒤를 돌아보았을 때였다.
그녀는 지금까지 본 중에 가장 강렬한 춤추는 듯한 눈동자에 빠져들고 말았다.


"당신, 신발 속으로 가라앉고 있군요."
그녀의 미래 애인이 말했다(아직까지는 그들은 미래의 그 사실뿐만 아니라
서로에 대해서도 전혀 모르는 상태였다).


"당신이군요."
그녀는 수백 가지 주홍빛 홍조를 띠며 말했다.


"네, 맞아요."
그는 그 홍조가 재미있다는 듯이 바라보며, 갑자기 뜬금없게도 귀엽고 예쁜
아이들(바로 미래의 자신의 아이들)에게 둘러싸여 있는 그녀의 모습을 떠올렸다.

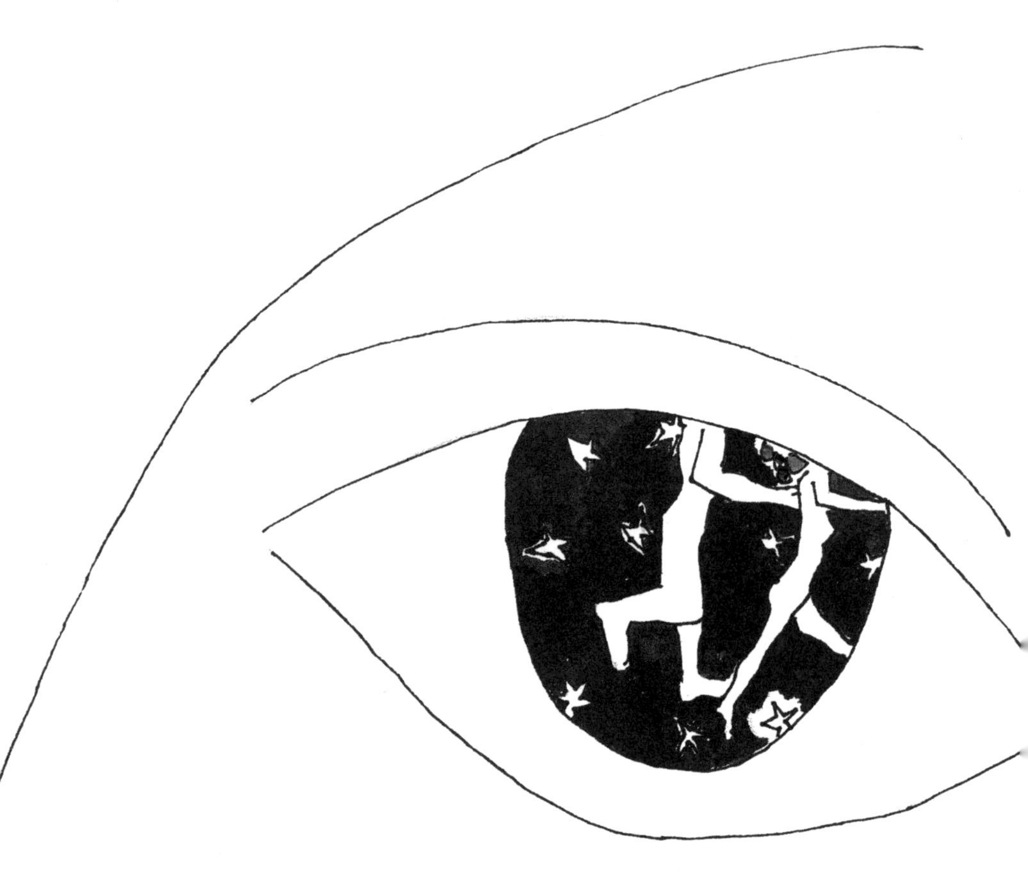

피에르는 춤추는 눈동자를 가진 그(그녀는 그를 '춤추는 눈동자'라고
불렀다)와 밤새도록 춤을 추었다. 별빛 아래서 그들은
클라리지*에서 준비해 준 야외파티용
맞춤음식과 함께 샴페인을 마시고 또 마셨다.

그들은 웃고 또 웃었다. 더 먹을 수도 없었다.
먹는 걸 원하지도 않았고… 먹을 필요도 없었다.
이제 막 사랑에 빠진 이들이었기에….

클라리지_별 다섯 개 등급의 런던 최고급 호텔

다음 날 느지막하게 해가 떠올랐을 때였다.
그는 알버트 다리에서 그녀에게 키스를 했다.
그녀는 형용하기 어려운 기쁨으로 가득 찼다.
어쩌면 샴페인에 취한 탓일 수도 있겠지만….

그리고 빛나는 사랑이 시작되었다.

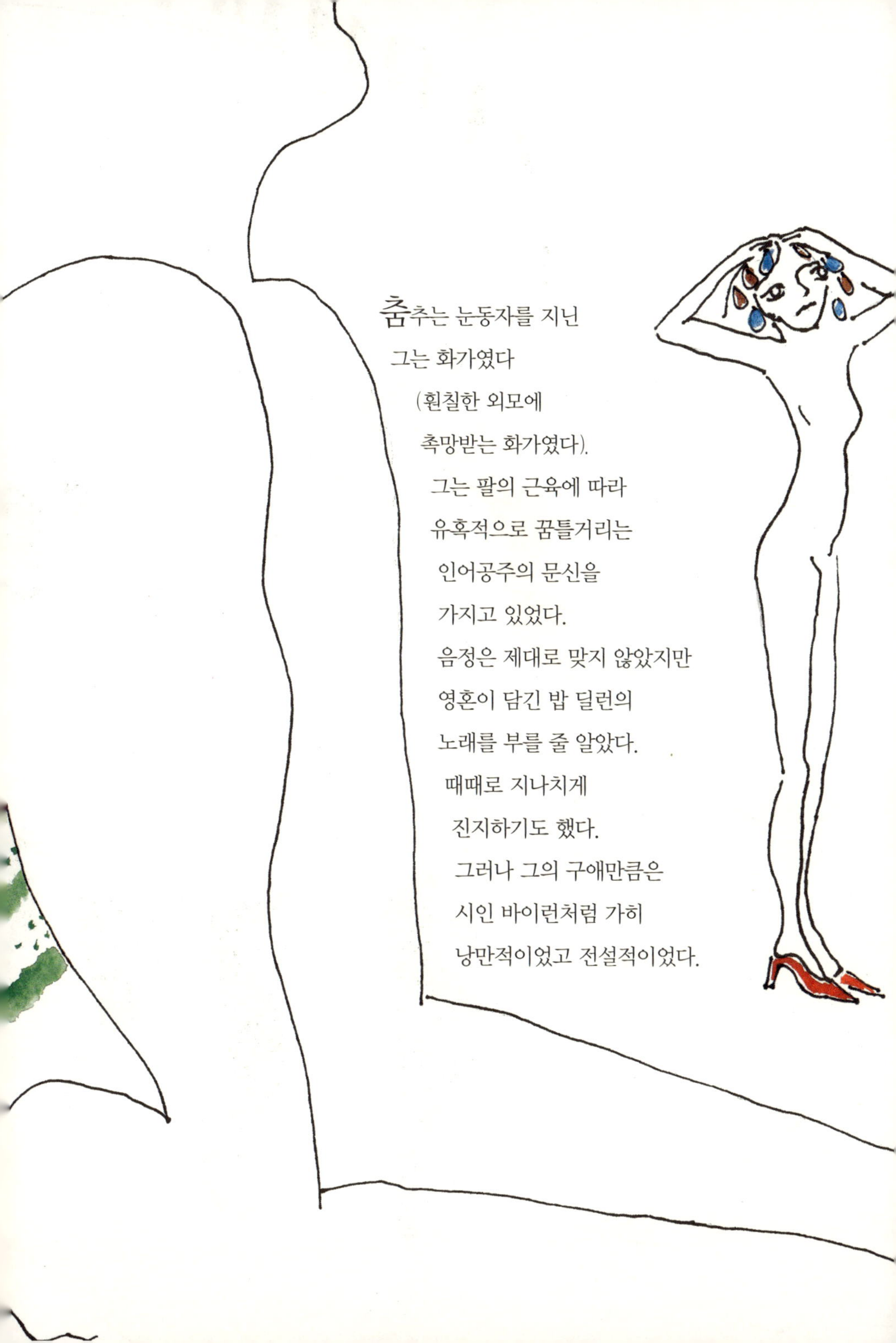


춤추는 눈동자를 지닌
그는 화가였다
(훤칠한 외모에
촉망받는 화가였다).
그는 팔의 근육에 따라
유혹적으로 꿈틀거리는
인어공주의 문신을
가지고 있었다.
음정은 제대로 맞지 않았지만
영혼이 담긴 밥 딜런의
노래를 부를 줄 알았다.
때때로 지나치게
진지하기도 했다.
그러나 그의 구애만큼은
시인 바이런처럼 가히
낭만적이었고 전설적이었다.

비니 씨는 이 사랑
하는 커플이
서점에 드나드는
것을 탐탁지 않아
했다. 처음에는
한 쌍의 잉꼬를 들이더니
그 다음에는 해마들을 들여놓고
또 스위트 피 꽃다발마저 서점을
휩쓸게 되자, 비니 씨는
노발대발했다. "여긴 서점이지
빌어먹을 노아의 방주가 아니라고!" 그는 화가
나서 고래고래 소리를 질렀다. 하지만 피에르가 천진난
만하게 어깨를 으쓱해 보이자 비니 씨는 그만
피식 웃고 말았다. 그는 그녀보다 훨씬 큰 무엇인가에
휩쓸려 압도당하고 말았던 것이다.

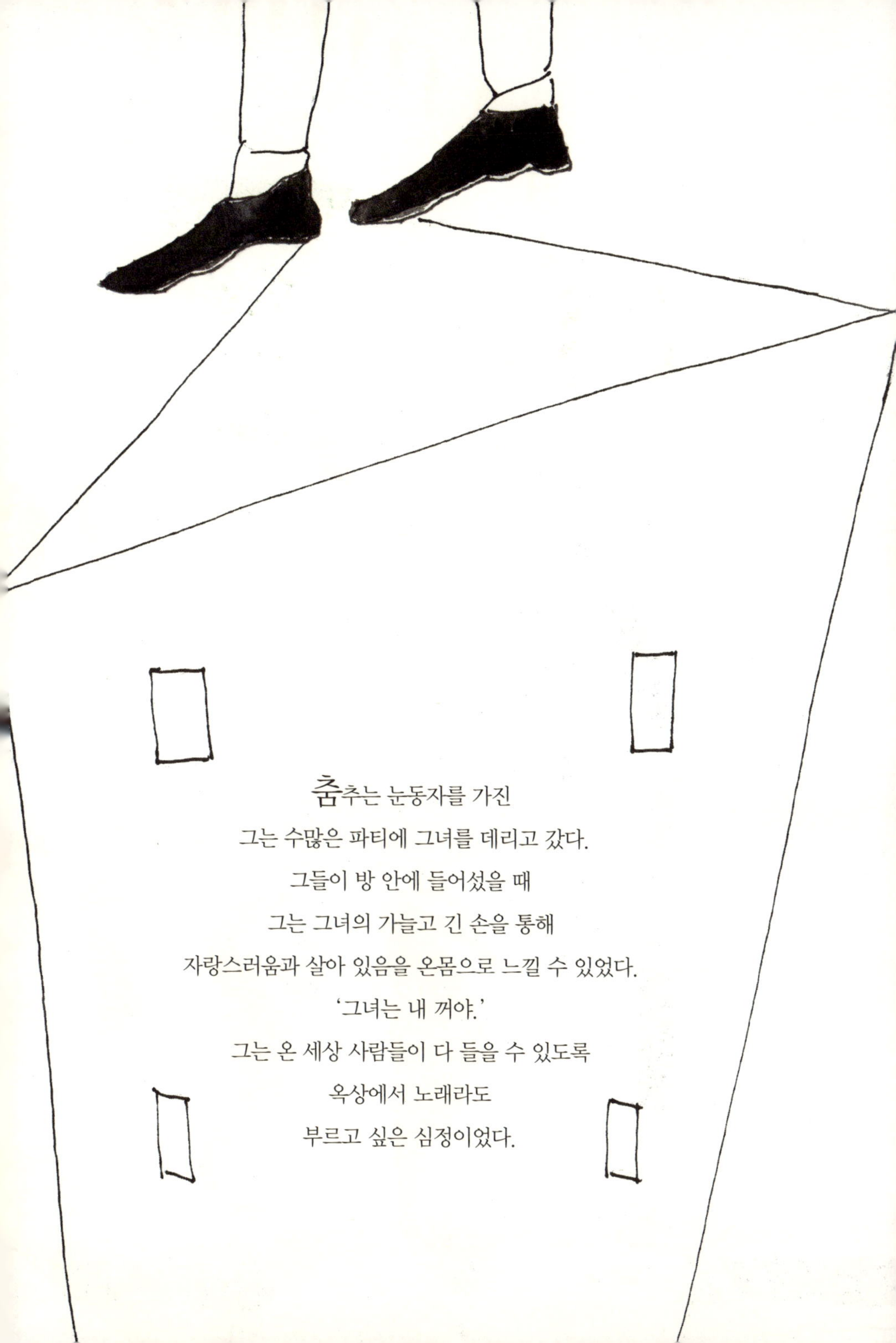

춤추는 눈동자를 가진
그는 수많은 파티에 그녀를 데리고 갔다.
그들이 방 안에 들어섰을 때
그는 그녀의 가늘고 긴 손을 통해
자랑스러움과 살아 있음을 온몸으로 느낄 수 있었다.
'그녀는 내 꺼야.'
그는 온 세상 사람들이 다 들을 수 있도록
옥상에서 노래라도
부르고 싶은 심정이었다.

그는 그녀를 화폭에 담아도 되겠느냐고
그녀에게 물어 보았다.
"나는 나만의 뮤즈를 찾았어."
그는 들떠서 친구들에게 자랑했다.
피에르는 그 누군가의 뮤즈가 되어 본 적이 없었다.
피에르는 아무것도 걸치지 않은 채 인어공주의
꼬리만 붙이고 반듯이 누워 있으면 되었다.
이 일은 짜릿하고 스릴 넘치는 일이었다.


하지만,,,
**뮤즈**가 된다는 것은 **위험한** 일이었다.

서로 깊이 사랑하는 두 사람에게 밤이 지나 아침이 찾아왔다.
두 연인은 하우스 보트인 글리머티 글레머티의
갑판 위에서 말없이 물장구를 치며 앉아 있었다.
"만약 세상 어디든지 가서 살 수 있다면 어디로 가고 싶지?" 그가 물었다.
"수풀로 둘러싸인 집이었으면 해요.
아마도 이탈리아겠죠.
오븐과 네 명의 아기와 염소가 있고 말이에요."

"그렇군." 그가 그녀를 향해 웃으며 답했다.
피에르는 행복한 느낌으로 눈부시게 빛났다.
그는 매일 밤 자장가처럼
밥 딜런의 〈나는 당신을 원해요〉를 불러 주었다.

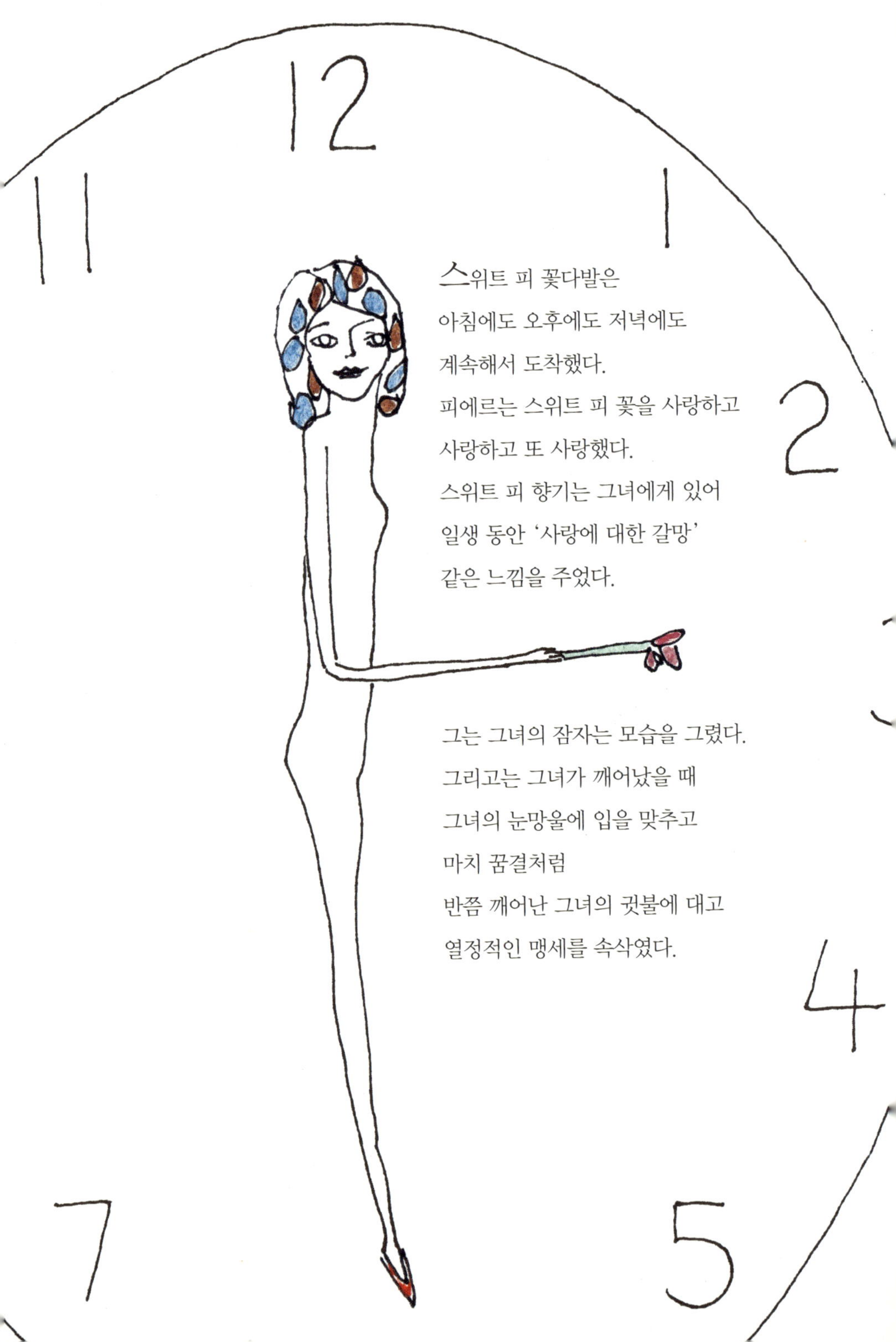

스위트 피 꽃다발은
아침에도 오후에도 저녁에도
계속해서 도착했다.
피에르는 스위트 피 꽃을 사랑하고
사랑하고 또 사랑했다.
스위트 피 향기는 그녀에게 있어
일생 동안 '사랑에 대한 갈망'
같은 느낌을 주었다.

그는 그녀의 잠자는 모습을 그렸다.
그리고는 그녀가 깨어났을 때
그녀의 눈망울에 입을 맞추고
마치 꿈결처럼
반쯤 깨어난 그녀의 귓불에 대고
열정적인 맹세를 속삭였다.

그 여름은 끊이지 않는 마법으로 가득 찼다.
햇살이 침실 안에 가득 찼을 때 피에르가 눈을 떠보니
글리머티 글레머티의 갑판 위에서 일곱 명의 난쟁이들이
마드리갈*을 노래하고 있었다.
그녀의 애인이 침대 문을 열고 들어섰다.
"나는 당신에게 푹 빠져 버렸소." 그가 말했다.
"다행이에요. 제게는 행운이에요."
그는 낱말 맞추기 게임에서 압도적으로 이김으로써
그녀를 화나게 만들었고 그녀는 퉁명스러워졌다.

마드리갈 — 연가. 사랑의 노래.

향기롭고 즐거운 저녁, 피에르가 거품이 넘쳐흐르는
욕조에 노곤한 몸을 담근 채 누워 있을 때면,
그는 그녀를 위해 T.S. 엘리엇의 시를 쉬지 않고 읽어 주곤 했다.
마멀레이드를 바른 토스트를 그녀에게 먹여 줄 때만
시 낭송을 잠시 멈췄을 뿐이다.

그런데, 그런데, 그럼에도 불구하고… 묘한 것은, 그 무언가가

손에 잡히지 않았고 이해하기 어려웠고 딱 맞아떨어지지 않았다.

그의 예찬은 뜨겁고도 열정적이었지만, 왠지 모르게

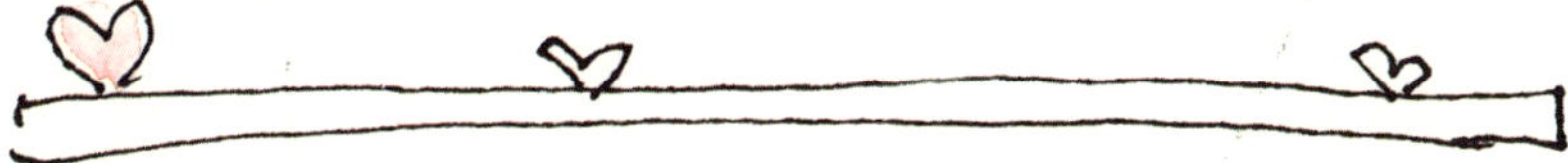

변덕스런 파도처럼 변할 것만 같았고, 피에르 역시 묘하게 점점 불안해졌다.

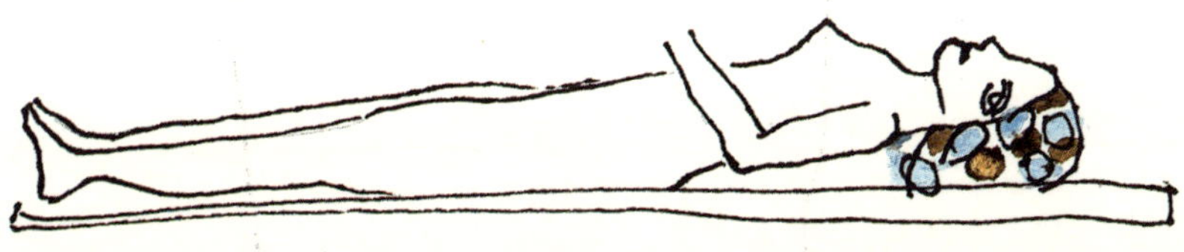

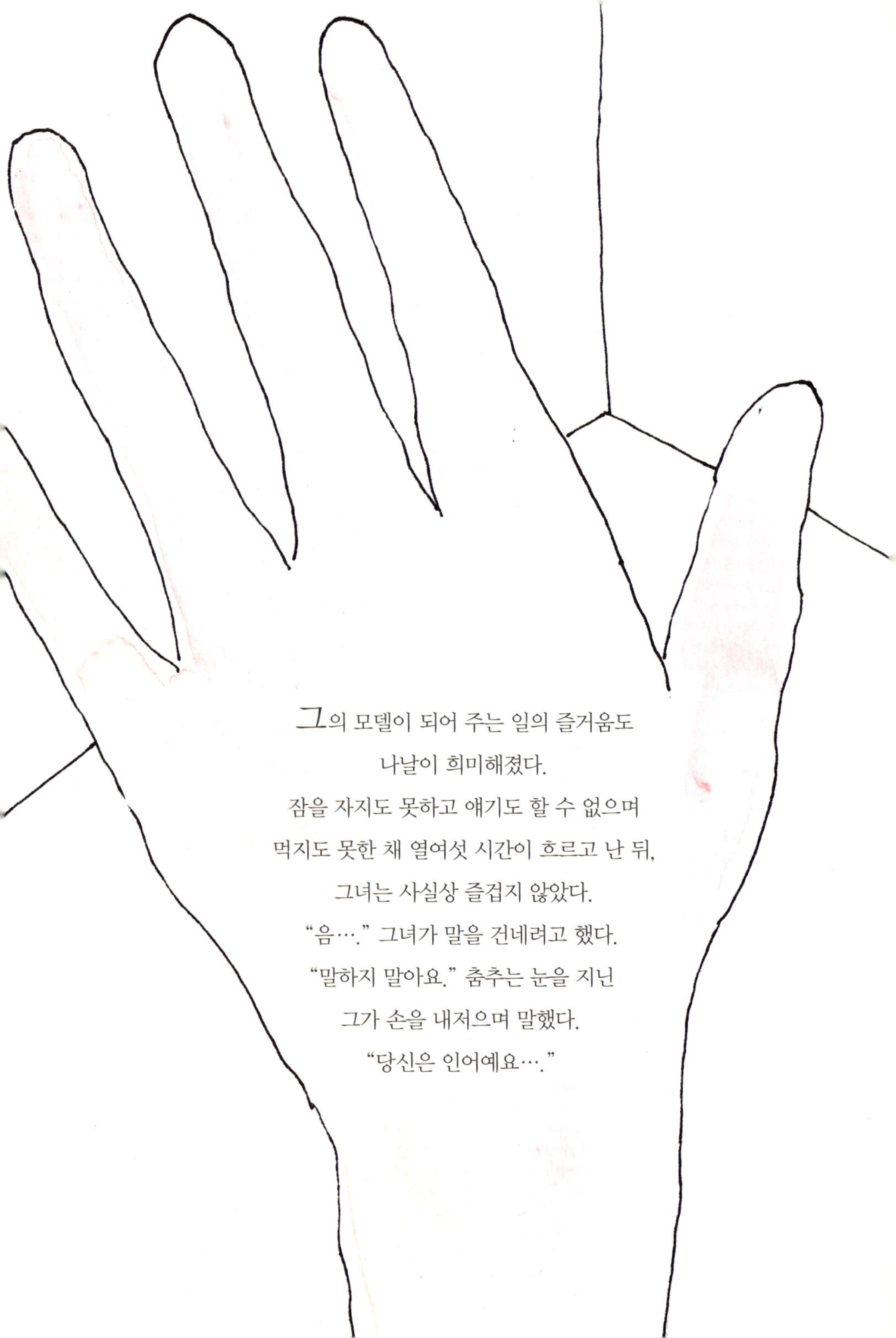
그의 모델이 되어 주는 일의 즐거움도
나날이 희미해졌다.
잠을 자지도 못하고 얘기도 할 수 없으며
먹지도 못한 채 열여섯 시간이 흐르고 난 뒤,
그녀는 사실상 즐겁지 않았다.
"음…." 그녀가 말을 건네려고 했다.
"말하지 말아요." 춤추는 눈을 지닌
그가 손을 내저으며 말했다.
"당신은 인어예요…."

"나는 인어가 아니에요." 피에르가 소리쳤다.
"나는 그냥 소녀일 뿐이에요.
단지 당신 상상 속에서만
존재하는 게 아니라구요.
나는 지금 여기 있어요.
실제로 존재하는 사람이에요."
"그대로 있어요."
그는 이를 갈면서 말했다.
"당신은 구제불능이에요."
그녀가 울부짖으며
방 밖으로 뛰어 나가자
그녀의 인어 꼬리만이
가엾게 뒤따랐다.

비<sub>오는</sub>
우울한 일요일 저녁,
그들이 나란히 누웠을 때
피에르가 약간 어지럽고
멍한 채로 절박한 공포에
휩싸여 그에게 물었다.
"언제나 당신은 나를
조금만 사랑할 거예요?"
"응, 언제나 조금."
그가 조용히 대답했다.

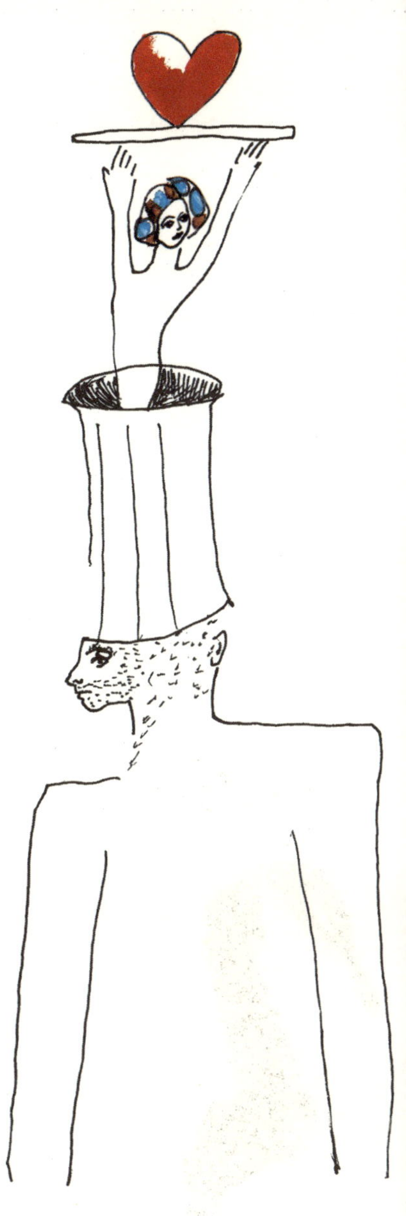

아… 비오는 일요일 저녁을
그녀가 얼마나 지긋지긋하게 싫어하고
저주하고 증오스러워 했는지.
아… 모든 좋은 일에는
끝이 있게 마련이다(도대체 왜?).
여름에서 가을로 접어들 즈음이었다.
그는 무분별한 연애사건을 저질러
피에르의 가슴을 찢어놓고야 말았다.
어리석고 어리석은 사나이….

그녀로서는 견딜 수 없는 배반이었고
그가 없는 곳이라면 그 어디라도 좋았다.
그녀는 어디로든 떠나가기로 작정했다.

9월 하순의 어느 날 오후, 그녀는 비니 씨에게
자신의 계획을 얘기해 주었다.
어깨를 잔뜩 구부린 채로 의기소침한
그녀의 눈을 본 그는 버럭 소리를 질렀다.
"빨리 돌아오게."
그는 흐느끼며 〈기쁨의 집〉* 책 한 권을
그녀에게 쥐어 주었다.



해마조차도 시무룩하게 보였다.
해마에게 제법 잘 어울리는
표정이었다.

기쁨의 집 — 원제 The house of mirth, 풀리처상 최초 여성 수상자로
영화 〈순수의 시대〉 원작자로도 잘 알려진 뉴욕 출신 여류작가
이디스 워튼 Edith Wharton의 소설

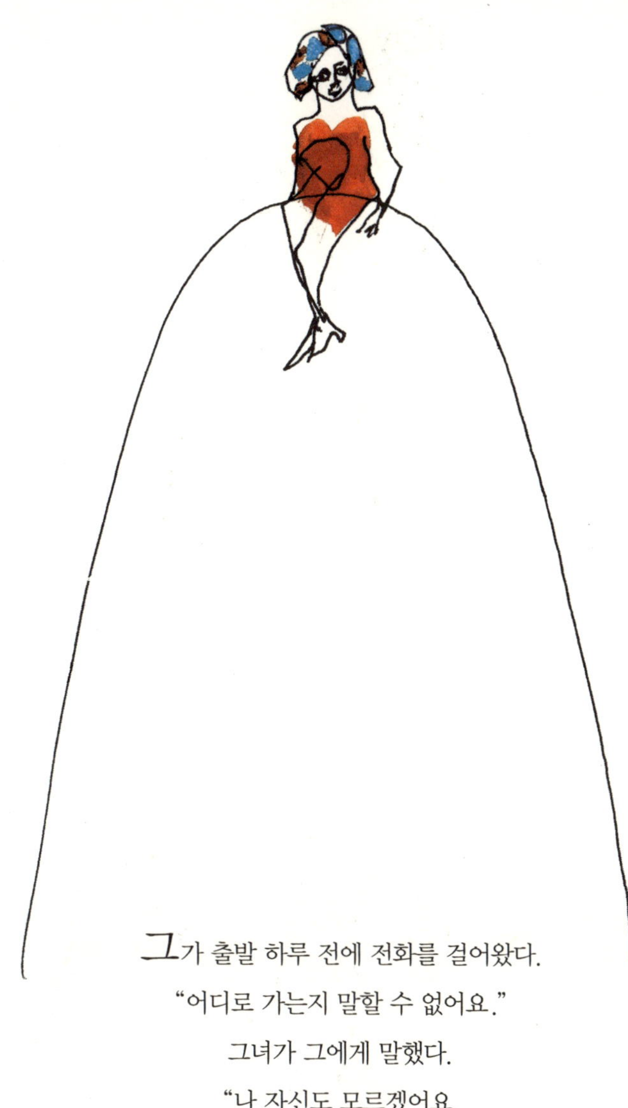

그가 출발 하루 전에 전화를 걸어왔다.

"어디로 가는지 말할 수 없어요."

그녀가 그에게 말했다.

"나 자신도 모르겠어요.

아마 수녀원에 들어 갈 거예요."

"수녀원이라고?"

그가 웃으며 대답했다.

"피에르 수녀님, 당신의 종파는?"

"나의 성직은 피눈물 나는 마음과
주체할 수 없는 동정심을 가진
사람들의 수도회에서
봉사하는 거예요."

잠시 동안의 침묵…
"안녕."

피에르는 짐을 싸고,
그녀의 비극적인 연애에 마침표를 찍고는
혼란으로 가득 찬 채 떠났다.
마음은 마치 수천 마리의 성난 벌떼에게
쏘인 것같이 쓰라렸다.
그녀의 목적지는, 그녀가 잉태되었던 도시이다.

그녀 앞에는, 뉴욕이라는 환희로 가득 찬 도시가
꿈틀거리며 펼쳐져 있었다.

피에르는 그 거대한 도시 앞에서 문득 두려움에 휩싸였다.
'나는 모험을 하고 있는 거야.' 그녀는 바람에게 단호하게 말했다.
뉴욕의 기러기들이 마치 비웃듯이 울며 지나갔다.

"꺼져 버려!"
그러자 그녀는 갑자기 기분이 좋아졌고,
브루클린 다리를 의기양양하게 지나갔다.

피에르는 웨스트 4번가에 있는 조그마한
아파트에 블루라는 어머니의 친구와 살았다.
뉴올리언스*로부터 온 블루는
주홍빛 손톱과 재즈 뮤지션 같은
자유로운 영혼의 소유자였고
담배를 무척 많이 피웠댔다.
그녀는 밤이고 낮이고 줄곧
랍상소총*을 마셔댔다.

뉴올리언스—미국 루이지애나 주에 있는 도시로 재즈의 본고장이다.
랍상소총—중국차의 일종

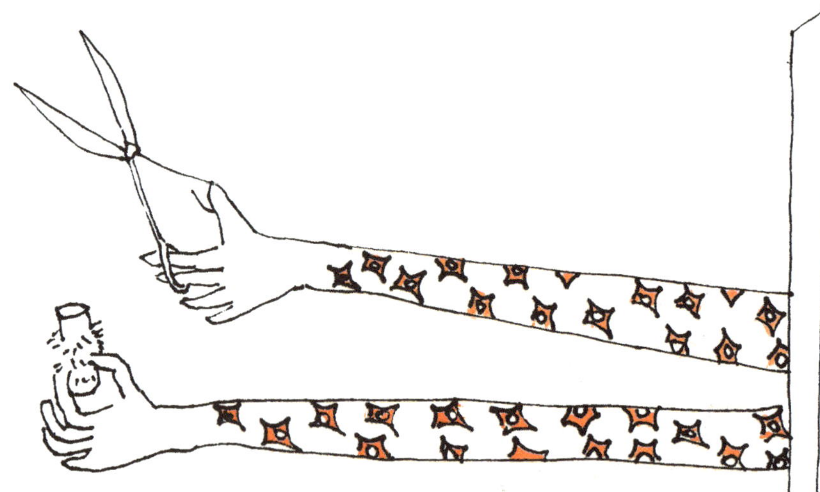

아파트 위층에는 〈허버트 헤어〉라는 간판을 내건
헤어 디자이너가 살고 있었다.
하루는 머리가 헝클어진 채 외출하려고 할 때였다.
호리호리한 한 사나이가 달군 롤러를 들고 뛰어 나와
"잠시만요." 하며 소리쳤다.
그래서 그녀는 그가 허버트라고 짐작했다.

그녀는 **프로기**라는 충실한 **눈망울**을 가진
잡종 개를 키우기 시작했다.

프로기는 피에르를 잘 따랐고,
밤이면 그녀의 발치에 몸을 둥그렇게 웅크리고 누웠다.
프로기는 울고 있는 그녀를 의아해하면서도
다 이해한다는 눈길로 바라보았다.

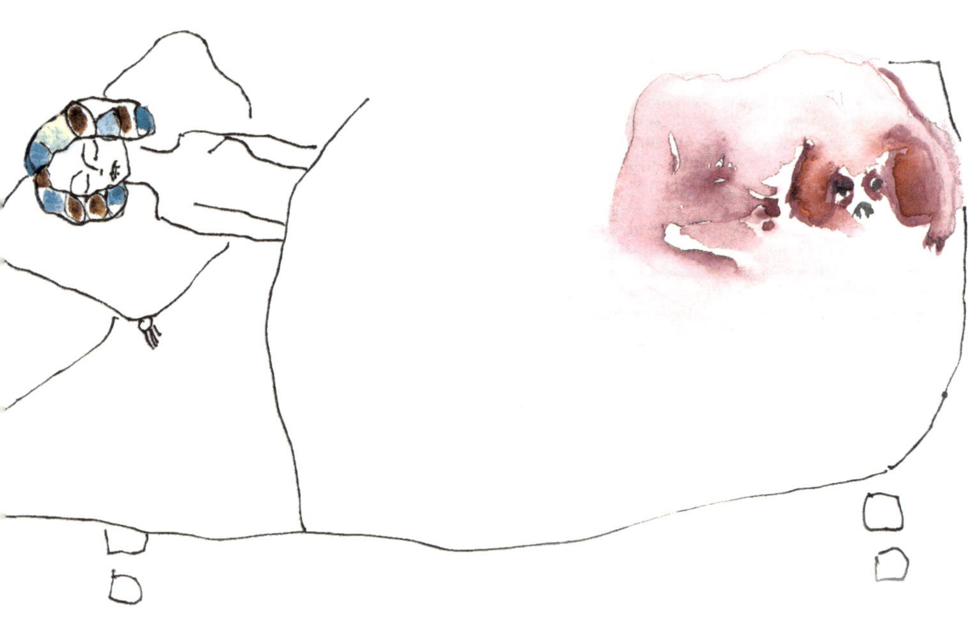

탈진 상태로 잠에 빠져든 그녀의 꿈속에
슬픈 눈을 가진 선원이 나타났다.
무심한 인어공주에게
뱃사람은 노래를 불러 주었다.
어떨 때는 옛 애인이 꿈속에 나타나기도 했다.
소스라치게 놀라 꿈에서 깨어난 그녀는
꿈속에라도 그를 들여놓은 자신을
몹시 꾸짖었다.

'감히 네가….'
그녀는 혼잣말로 되뇌었다.

피에르는 비밀스러운 화가인 미스터 친의 작품
모델이 되어 주었다. 외풍이 심한 그의 허름한
스튜디오는 경건한 침묵으로 가득 찼다.
오래된 라디에이터에서 나오는 따뜻한 공기 소리만이
방 안을 채웠다. 이런 침묵이 그녀의 혼란스러운
마음을 진정시켜 주었다. 미스터 친은 조금은 남루한
상하이 비단을 둘러 주었고 탱고를 가르쳐 주었다.
그녀는 테킬라를 마실 때 찡그리지 않는 법을 가르쳐 주었다.

## 이건 예술이었다.

뱃사람들이 매듭짓는 법도 그에게 가르쳐 주었다.
그는 그녀를 스타일과 격식을 갖춘 르네상스풍의
여인이라고 칭찬했다.

그녀는 이제 아래층에
있는 허버트 헤어 숍에서
머리 모양을 바꿀 때라고 생각했다.

이것은 큰 실수였다.

"새로운 헤어 스타일은 사람을 바꿔 놓죠."
허버트가 생기발랄하게 말했다.

피에르는 끔찍하게 바뀐 머리를 보고
'내 마음이 이 정도로
최악의 상태는 아니겠지.'
우울하게 되뇌었다.

그녀는 다시는 허버트에게 머리를
하지는 않았지만 그들은
둘도 없는 단짝친구가 되었다.

춤추는 눈동자를 지닌 옛 애인을 잊으려는 용감한 시도는 계속되었다.
피에르는 마음에 들지 않는 구애자들과의 우울하고도 지겨운 저녁을 견뎌냈다.
덧없는 시도였음에도 불구하고 변변치 않은 구애자들은
그녀의 우울함과 무심함에 끌려 적극적으로 구애작전을 벌였다.

계속되는 꽃다발 세례를 보고 허버트는 자기 일처럼 즐거워했다.

"**또** 빨간 장미다발이네." 허버트가 수선을 떨며 말했다.
"스위트 피는 배달되지 않았나요?"
피에르는 낙담한 듯이 물었다.
"안 왔어. 정말 안 왔어."
"아아…, 정말 잘 해보려고 하지만…."
"알아, 내가 다 알아."
허버트가 이해한다는 듯이 말했다.

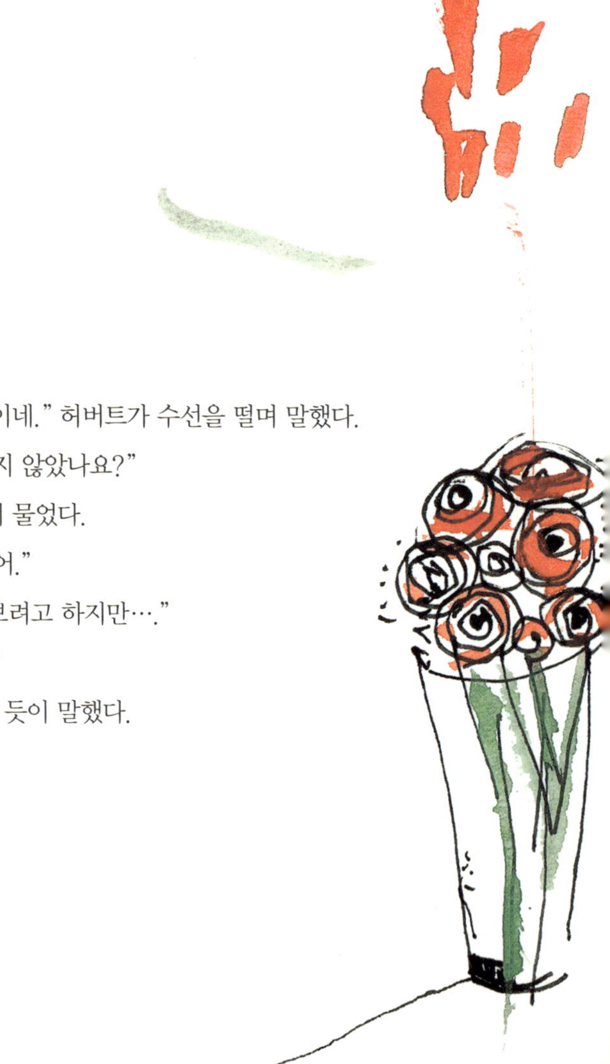

저녁을 먹고 집에 들어와 나이트가운을 입고 앉아 있을 때였다.
갑자기 무슨 병에라도 걸린 것처럼 고통과 그리움이 파도처럼 밀려들었다.
그녀는 춤추는 눈동자를 가진 그에게 편지를 썼다.
그 편지는 부쳐지지 않았지만….

어느 날 저녁, 그녀는 비상용 뒷 계단에 걸터앉아 있었다. 그 건물 앞에
정차한 택시에서 아주 큰 소리로 〈나는 당신을 원해요〉라는 밥 딜런의 노래가 흘러
나왔다. 아주 잠시 동안이었지만 그녀는 혹시나 그가 자기를 데리러
오지 않았을까 하는 생각에 들떴다.
택시는 떠나 버리고
그녀는 침실로 돌아와
머리를 쥐어뜯으며
헛된 기대를 품은
자신의 연약한 마음을 탓했다.
'아… 저주스러운 밥 딜런.'
그녀는 울음을 터뜨리고 말았다.
프로기도 그 마음을
안다는 듯이
길게 울어댔다.

비니 씨의 가느다란 필체로 쓴 편지가 배달되었다.

피에르는 답장을 썼다.



그러나 그녀의 마음도 조금 설레었다. '제발 그만둬. 멈춰…'
그녀는 뛰고 있는 자신의 심장에게 외쳤다.

어느 날 아침, 블루는 랍상소총을 마시면서 가볍게 한숨을 쉬고는
밭은 기침을 뱉어냈다.

또 담배를 한 개비 꺼내들며 그녀가 말했다.
"재미는 없겠지만, 너는 왜 부자인 남자와 결혼하지 않는거니? 피에르."

"아… 내가 할 수 있으리라고 생각하지 않아요."
피에르가 우울하게 대답했다.
"흠." 블루가 콧방귀를 뀌었다.

사람들은 블루를 ‘버림받은 여자’라고 불렀다.

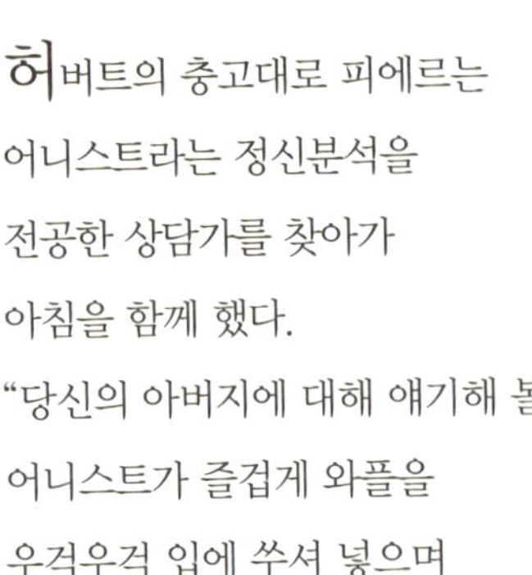

허버트의 충고대로 피에르는
어니스트라는 정신분석을
전공한 상담가를 찾아가
아침을 함께 했다.
"당신의 아버지에 대해 얘기해 볼까요?"
어니스트가 즐겁게 와플을
우걱우걱 입에 쑤셔 넣으며
상담을 시작했다.

"오, 꼭 그래야 하나요."
그녀는 주홍색 하이힐을 가볍게
두드리면서 한숨을 내쉬었다.
권위적인 식물학자인
아버지에 대한
기억을 더듬었다.

"저, 있잖아요. 제가 당신을
그리면 좋을 것 같군요."
그는 장난스럽게
머리를 굽히며 얘기했다.
"어니스트…, 정말로
내 인생은 지금 상태로도
충분히 복잡해요."
피에르가 정중하게
얘기했다.

이것이 그녀와 어니스트의
첫 번째이자 **마지막** 만남이었다.

그녀는 유쾌한 이탈리아 사람들과의
만남도 가졌다.
그들은 브루클린에서 잠부카를 마시며
만취되어 밤을 지새웠다.

그녀가 포커판에서 이기고 나서
"당신들은 마피아인가요?"
하고 정색을 하고 묻자
그들은 웃음을 터뜨렸다.

그들은 물론 마피아였고 모두 프랭키라고 불렸다.

그녀는 미스터 친의 모델이 되어 줄 때 외에는

맨해튼 거리를 돌아다녔다. 어쩌다 보니 메트로폴리탄 미술관에 있는

미라의 방에 자주 가게 되었다.

이제 그곳이 그녀가 즐겨 찾는 단골장소가 되었다.

그녀는 정신분석학자 어니스트를
만나면 왜 자신이 미라의 방에
애착을 갖게 되는지 물어보고 싶었다.

토요일 허버트와 피에르는
머서 호텔에서 조찬 모임을 가졌다.
즐거운 일이었다.

그들은 **거부**가 되면

머서 호텔에서 살면서
화려하고 재미있고
멋진 점심파티를 하기로 했다.
"난 정말 머서 호텔이 맘에 들어요."
피에르가 베이글 반쪽을
프로기에게 몰래 주면서
한숨을 내쉬었다.

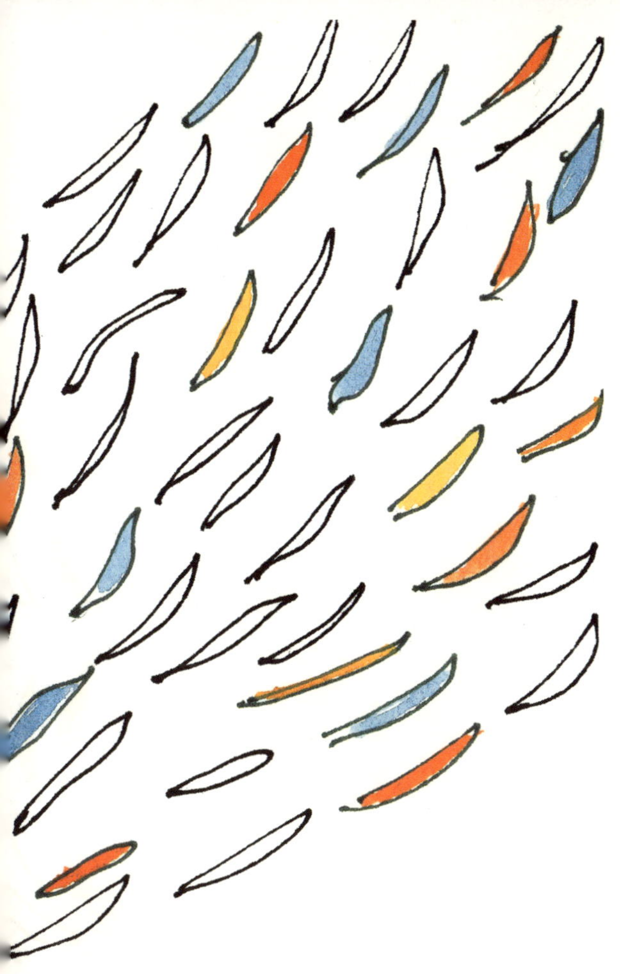

주머니 사정이 안 좋았을 때에는
카날 가에 가서 중국풍 슬리퍼와
종이로 만든 나비
그리고 리본을 샀다.

바람이 사납게 불어오는 황혼 무렵,
미스터 친의 모델 일을 끝내고 집으로 돌아오는 길이었다.
갑자기 이 도시가 그녀에게 파도처럼 밀려드는 것 같았다.
언제나처럼 프로기가 옆에서 따라오고 있었다.
피에르는 뉴욕이라는 도시에 대한 사랑으로 몸서리쳤다.

그녀는 웨스트 4번가의 집 문을 열며 소리쳤다.
"블루, 난 이 도시를 사랑해요."
피에르가 기쁨에 몸을 떨며 외쳤다.

"지금은 그렇겠지."
블루가 침울하게 대답했다.

피에르는 블루를 감싸 안고 그녀의 뺨에 키스했다.
그들은 유쾌한 이탈리아 친구들인 프랭키들을 불러
새벽 세 시까지 딘 마틴의 곡에 맞춰 춤췄다.

크리스마스는 더욱 견디기 힘들었다.
허버트는 사랑에 빠져 보카래톤에 갔다.
블루는 극도의 우울증에 빠져 방에서
나오지 않았고 그녀의 방문 밖으로는
담배 연기만이 뭉개뭉개 피어올랐다.

"기분 좋아야 할 날들인데….."
피에르는 블루를 위로했다.

"그냥 절망하게 날 내버려 둬….."
블루가 울면서 말했다.

블루는 한참 뒤에 방문 밖으로
나와서는 게걸스럽게
민스 파이 한 접시를
먹어 치웠다.

시원찮은 구애자들의 장미 꽃다발들은 피에르의 침실로부터
복도로 내팽개쳐졌지만, 여전히 그 자태를 뽐내고 있었다.

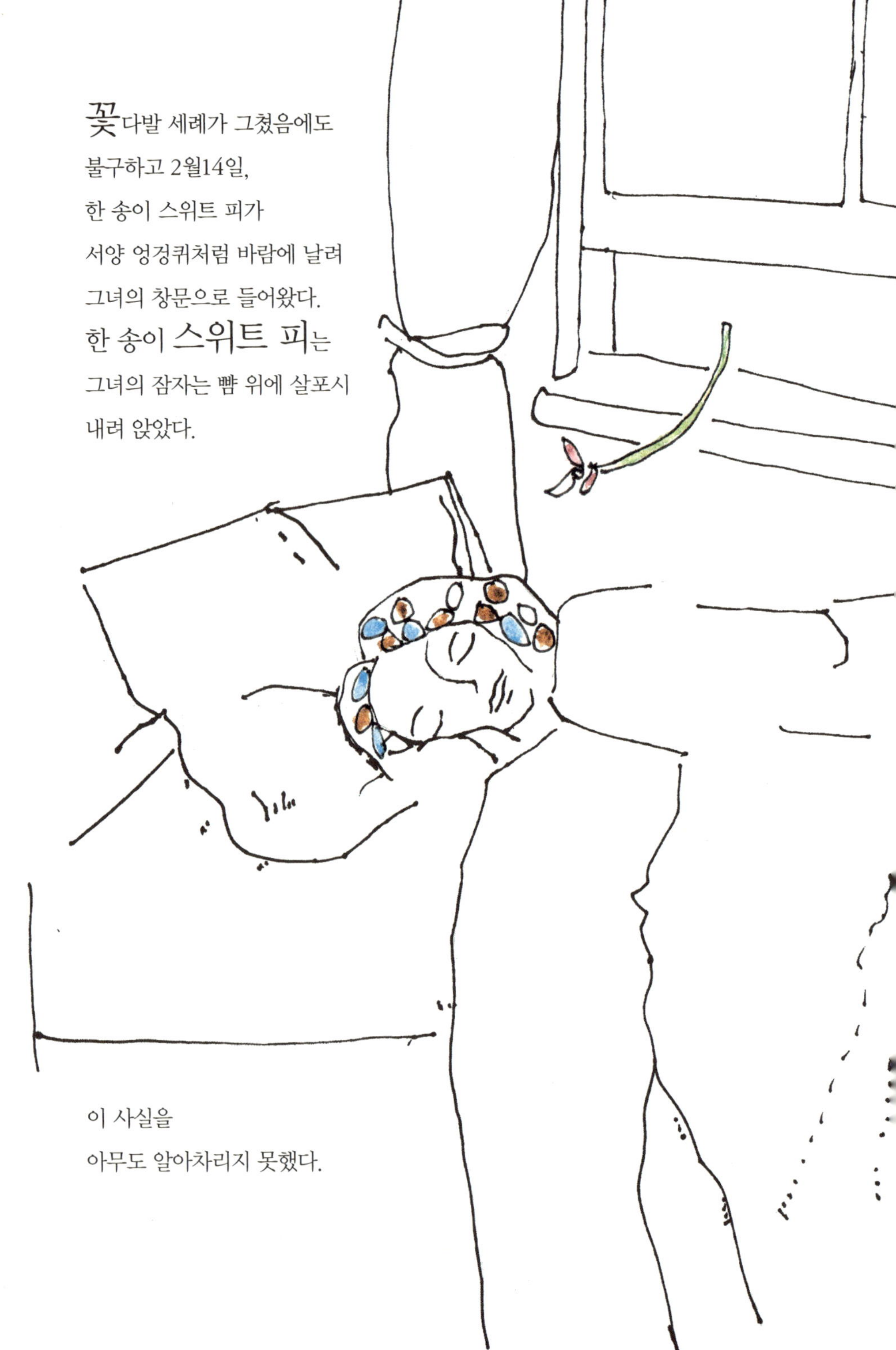

꽃다발 세례가 그쳤음에도
불구하고 2월14일,
한 송이 스위트 피가
서양 엉겅퀴처럼 바람에 날려
그녀의 창문으로 들어왔다.
한 송이 스위트 피는
그녀의 잠자는 뺨 위에 살포시
내려 앉았다.

이 사실을
아무도 알아차리지 못했다.

"무슨 일인가 일어나려고 해."
블루가 랍상소총을 마시며 생각에 잠겨 있다가 말을 꺼냈다.
"나는 직감적으로 알 수 있어."

피에르는 블루의 직감 따위는 알고 싶지 않다고 속으로 생각했다.

"나는 미라를
만나러 갈 거예요. 블루."
피에르가 큰소리로 얘기했다.

"네 맘대로 하려무나."
블루가 그녀의
소브라니 담배를
흔들어대며
쉰 목소리로 말했다.

피에르는 질주하는 택시를 타고 시내로 들어갔다.
비니 씨의 파티에서 그녀가 춤췄던 바로 그 엘라 피츠제럴드 곡이
큰소리로 연주되더니 뒤이어 밥 딜런의 〈나는 당신을 원해요〉가
떠들썩하게 울려 퍼졌다.


'정말 이상한 일이군….'
피에르는 택시 운전사를 의아한 눈빛으로 쳐다보았다.


"누군가의 **사랑**으로 당신 **마음**이 따뜻해지길 바랍니다."
그녀가 내릴 때 운전사는 말했다.
"고마워요. 제겐 프로기의 따뜻한 사랑이 있답니다."
피에르가 명랑하게 대답했다.

'걱정할 게 없잖아. 나는
네 사랑으로 가슴 따뜻한 걸…'
피에르가 흥얼거렸다.
'하지만, 하지만,
어쩐지 즐겁지가 않아.'

2월에도 이토록 추운 곳은 뉴욕밖에 없을 것이다.
바람이 얼굴로 세차게 부딪쳤고
머리를 뒤헝클어 놓았다.

그녀는 메트로폴리탄 계단에 앉아
프로기를 무릎에 앉히고
자신이 살고 있는 거리를 바라다보았다.

'오, 프로기…'
그녀는 그리움과 고단함과
향수에 젖어 어느덧 서글퍼졌다.

그녀는 문득 비니 씨가 혼잡한 거리를
뚫고 지나가며 여기저기 둘러본 것 같은
느낌이 들었다. 하지만 금세 현실로 돌아온
그녀는 또다시 차고 음산한 자신의
생각 속으로 깊이깊이 빠져들었다.

누군가 등을 툭 쳤다고 느낀 순간
피에르는 그녀가 예전에 보았던
그 춤추는 눈동자를 보았다.

"오, 당신이군요…."

"그래요 나요. 나는 이탈리아에서 살기를 바랍니다.
오븐이 있고 네 명의 아기들과 염소를 키우면서…
당신 없이는 살아갈 수가 없어요."

"어머, 어쩌죠. 이미 늦었는 걸요. 당신을 포기하고 나서
이탈리아에서 온 멋진 투우사를 만났거든요."

"오, 이런…."
그가 심각하게 말했다.

긴 침묵이 흘렀다.
"사실은 아니에요." 그녀의 얼굴이 살짝 붉어졌다.
"당신을 사랑해요. 하지만, 당신을 사랑하는 일은
너무 공포스럽고 잔혹한 일이었어요.
당신을 사랑하지 않으려고 그토록 안간힘을 썼는데도
당신을 사랑하게 되고 말았네요."

"정말 다행이오. 나에게는 행운이오."
그가 말했다.
그리고는 다시는 떠나보내지 않겠다는 듯이
그녀를 꼭 감싸안았다.

# 누군가의 **사랑**으로 당신 **마음**이 따뜻해지길……

처음 입맞춤 했을 때를 기억하시나요?

대부분의 사람들이 그때의 설레이던 마음은 간직하고 있겠지요.

사랑은 열병처럼 시작되지만 사랑하는 방법을 제대로 알지 못해서인지 사소한 일들로 티격태격 싸우고 결국에는 서로를 향한 그리움을 간직한 채 사랑을 끝내는 경우가 많습니다. 시간이 흐른 후 생각해 보면 무슨 일로 그렇게 서로의 마음을 상하게 했는지, 그 무엇이 과연 그렇게 중요한 일이었는지 알 수 없는 경우가 허다하지요.

어른을 위한 동화 〈사랑은 스위트 피 향기를 타고〉에서 피에르는 춤추는 눈동자를 가진 그를 만나 단박에 사랑에 빠지고 맙니다. 하지만 그 타오르던 사랑도 시간이 지남에 따라 퇴색하고 그 사랑을 소중하게 여기지 않는 춤추는 눈동자에 의해 산산조각이 나고 맙니다. 피에르에게 제 마음을 담아 그녀와 함께 하면서 저라면 어떻게 했을까 곰곰이 생각해봤습니다. 사랑은 유리 같은 것이라 한번 깨지고 나면 다시 복원되기

어렵고, 일단 그러한 잘못을 저지른 사람이라면 또다시 마음을 아프게 할 가능성이 많으니 그를 잊어야 한다는 것이 솔직한 저의 입장이었습니다. 하지만 그런 운명 같은 만남은 흔치 않다는 것을 알고 있기에 한 번의 잘못은 그저 덮어 주고 싶은 마음도 무시하기 힘들었습니다. 당신이 이 동화의 주인공이었다면 어떻게 했을까요? 모든 것을 이해하고 그를 받아들였을까요? 아니면 다시 돌아온 그를 받아들이지 않았을까요?

정답은 어디에도 없습니다. 자신이 선택한 결정에 따라 뒤돌아보지 않고 묵묵히 걸어갈 뿐이지요. 부디 이 책을 읽는 독자 여러분은 지혜롭게 사랑을 지켜나가기를 바랄 뿐입니다. 당신의 사랑이 동화 속 주인공처럼 해피엔딩으로 끝나기를 두 손 모아 기원합니다.

2003년 6월
황 정 민

## 사랑은 스위트 피 향기를 타고

2009년 6월 30일 개정판 1쇄 인쇄
2009년 7월  7일 개정판 1쇄 발행

지은이 | 소피 달
옮긴이 | 황정민
펴낸이 | 윤정희
펴낸곳 | (주)황금부엉이

주소 | 서울시 마포구 서교동 353-4 첨단빌딩 9층
전화 | 02-338-9151(편집부)
팩스 | 02-338-9155
인터넷 홈페이지 | www.goldenowl.co.kr
출판등록 | 2002년 10월 30일 제 10-2494호

전략마케팅 | 김유재, 변재업, 정창현, 차정욱, 최현욱
제작 | 구본철

ISBN 978-89-6030-209-9  03840